Auserlesene Gedichte

Christian Hoffmann von Hoffmannswaldau

Bitte um Erbarmung

Ich singe tauben Ohren,
Dein schönes Antlitz kennt mich nicht.
Hab' ich der Freundschaft süßes Licht,
Mein bestes Kleinod, ganz verloren?
Wird denn mein Tag zu düstrer Nacht?
Soll ich lebendig mich begraben
Und deiner Augen schöne Pracht,
Wo vormals Sonne war, jetzt zu Kometen haben?

Was sind es doch für Sünden,
Dafür ich peinlich büßen muß
Und aller Schmerzen Ueberfluß,
Als Uebelthäter, itzt empfinden?
Doch laß der Uebelthäter Recht
Mich, eh' ich sterbe, nur genießen,
Und mache, daß dein armer Knecht,
Was er verbrochen hat, mag vor dem Tode wissen.

Wofür hab' ich zu büßen?
Als Göttinn hab' ich dich erkannt,
Mein Herz als Weihrauch dir gebrannt
Und mich gelegt zu deinen Füßen.
Straft mich der Himmel oder du?
Dir hab' ich mich in mir verzehret;
Der Himmel stürmet auf mich zu,
Weil ich dir allzuviel und ihm fast nichts gewähret.

Ach, zürne nicht, Melinde,
Daß mir dies freche Wort entfährt!
Ein Sünder ist erbarmenswerth.
Du fühlest nicht, was ich empfinde!
Nicht lache, wenn dein Sklave fällt;
Du weißt, Verwirretsein und Lieben
Hat allbereits die erste Welt
Mit Schrift, die nicht verlöscht, zusammen eingeschrieben.

Doch willst du Göttinn heißen,
Zu der dich deine Tugend macht,
So mußt du auch bei solcher Pracht
Dich der Erbarmung stets befleißen.
Reiß deinen kalten Vorsatz ein;
Nicht mache meine Noth zum Scherze!
Die Hölle lehret grausam sein;
Der Himmel, dem du gleichst, verträgt kein steinern Herze.

Bitte an Sylvia

Laß, Sylvia, die reine Gluth,
So mir entzündet Geist und Blut,
Dich, Liebste, nicht zum Zorn bewegen.
Wer kann vor deinen Augen stehn
Und unentbrannt von dannen gehn,
Wenn sich des Geistes Trieb will regen?

Nicht falle doch der Meinung bei,
Daß reine Liebe Sünde sei,
Die Gott in unser Herz geschrieben,
Die selbst sein Mund im Paradies
In uns mit unserm Athem blies,
Der uns geboten hat, zu lieben.

Soll meine Liebe Sünde sein,
So wisse, daß dein schöner Schein
Zu dieser Sünde mich getrieben,
Und glaube, daß die kluge Welt
Für leibliche Geschwister hält
Die Schönheit und den Trieb, zu lieben.

Drum folg' ich der Natur Gebot;
Ich bin kein Stein und auch kein Gott,
Ich muß in deinen Flammen brennen.
Mir ist gefesselt Geist und Muth;
Drum will ich auch des Herzens Gluth
Vor Gott und dir nur frei bekennen.

Hier ist mein demuthvolles Herz,
So sich verband, in Lieb' und Schmerz
Mit gleicher Andacht dir zu dienen.
Nimm, Sylvia, das Opfer hin,
Laß Augentrost in deinem Sinn,
Vergißmeinnicht im Herzen grünen!

Verzweiflung

Die Augen schloß ich traurig zu,
Die Hände deckten meine Stirne, ch war entblöst von Lust und Ruh',
Der Schmerz durchwühlte mein Gehirne.
Bald wacht' ich auf, bald schlief ich ein,
Bald wollt' ich todt und Asche sein,
Bald wünscht' ich, weit von hier zu leben;
Und daß ja Nichts sei unbekannt,
So hat die Thorheit meiner Hand
Papier und Feder übergeben.

Auf, auf, mein Sinn! und du, mein Fuß!
Ich kann nicht länger hier verziehen;
Mein Warten bringet mir Verdruß;
Ich wünsche, von der Welt zu fliehen.
Ich mag nicht Scepter, mag nicht Gold;
Man sei mir feind, man sei mir hold,
Es soll mich Beides gleich erquicken.
Die Liebe, so uns närrisch macht
Und uns bezwingt mit dicker Nacht,
Soll mir den Compaß nicht verrücken.

Ich lache, wenn ich überhin
Mein dummes Leben überlege
Und das, worauf ich kommen bin,
In den Gedanken recht erwäge;
Mir zittern Beides, Mark und Bein,
Die Stirne wird wie Eis und Stein;
Es will Geblüt und Geist erstarren.
Genug geirrt, genug geklagt!
Den Irrthum hat die Zeit verjagt;
Ich will nicht länger hier verharren.

Und daß die Feder nicht zu viel
Von meinem bösen Leben sage,
So habe sie hiermit ihr Ziel;
Ich will nicht, daß sie ferner klage.
Mit diesem geht mein Wallen an.
Wohl jedem, der da bleiben kann!
Mein Wohlsein such' ich im Verderben.
Ihr guten Freunde, gute Nacht!
er Wunsch sei euch von mir vermacht:
Mein Leben mag mein Feind ererben.

Lied der Freude

Ach! was wollt ihr, trübe Sinnen
Doch beginnen!
Traurigsein hebt keine Noth;
Es verzehret nur die Herzen,
Nicht die Schmerzen,
Und ist ärger, als der Tod.

Dornenreiches Ungelücke,
Donnerblicke
Und des Himmels Härtigkeit
Wird kein Kummer linder machen;
Alle Sachen
Werden anders mit der Zeit.

Sich in tausend Thränen baden,
Bringt nur Schaden
Und verlöscht der Jugend Licht.
Unser Seufzen wird zum Winde;
Wie geschwinde
Aendert sich der Himmel nicht!

Heute will er Hagel streuen,
Feuer dräuen;
Bald gewährt er Sonnenschein;
Manches Irrlicht voller Sorgen
Wird uns morgen
Ein bequemer Leitstern sein.

Bei verkehrtem Spiele singen,
Sich bezwingen,
Reden, was uns nicht gefällt,
Und bei trübem Geist und Sinnen
Scherzen können,
Ist ein Schatz der klugen Welt.

Ueber das Verhängniß klagen,
Mehrt die Plagen
Und verräth die Ungeduld;
Solchem, der mit gleichem Herzen
Trägt die Schmerzen,
Wird der Himmel endlich hold.

Auf, o Seele, du mußt lernen,

Ohne Sternen,
Wenn das Wetter tobt und bricht,
Wenn der Nächte schwarze Decken
Uns erschrecken,
Dir zu sein dein eigen Licht.

Du mußt dich in dir ergötzen
Mit den Schätzen,
Die kein Feind zu nichte macht
Und kein falscher Freund kann kränken
Mit den Ränken,
Die sein leichter Sinn erdacht.

Von der süßen Kost zu scheiden
Und zu meiden,
Was des Geistes Trieb begehrt,
Sich in sich stets zu bekriegen
Und zu siegen,
Ist der besten Krone werth.

Eitelkeit des Irdischen

Was ist dieses Rund der Erden,
Als ein Spielplatz voller Schein,
Wo wir heute Helden werden,
Morgen Schatten nur zu sein,
Wo bei Kronen, Thron' und Siegen
Fessel, Band und Ketten liegen.

Hier will Lachen, Lust und Scherzen
Bei den heißen Thränen stehn,
Und die hohen Wunderkerzen
Müssen plötzlich untergehn.
Der die Welt vermeint zu schrecken,
Nächstens wird ein Grab ihn decken.

Wo die größten Pfeiler waren,
Da liegt itzt ein wenig Graus;
Bei den Sängern schaut man Bahren,
Bei der Burg ein Todtenhaus,
Bei den Rosen Dornenhecken,
Auf dem Purpur schwarze Flecken.

Dieser Platz zeigt viel Gesichte,
Die der Falschheit Maske deckt,
Und bei falschem Tageslichte
Wird viel falscher Dunst erweckt;
Schwur und Untreu, Kuß und Wunden
Sind zusammen hier verbunden.

Nichts will lang allhie verweilen;
Jugend, Pracht und Herrlichkeit
Heißt des Himmels Satzung eilen
Und verstieben vor der Zeit.
Mancher Blume Haupt erbleichet,
Eh' es eine Nacht bestreichet.

Unsre Kindheit liebt die Wiege,
Unsre Jugend Gluth und Wein,
Unsre Mannheit Ehr' und Kriege,
Unser Alter Geld und Stein.
Mancher hat in wenig Stunden
Spiel, Beruf und Abschied funden.

Wohl dem Menschen, der im Spielen
Nicht zu sehr den Spielplatz liebt
Und zum Himmel weiß zu zielen,
Weil die Welt ihm Blicke giebt;
Der, als Fremder auf der Erden,
Oben Bürger denkt zu werden!

Wer so stirbt, ist nicht gestorben;
Ihn verklärt die Ewigkeit,
Er hat einen Schatz erworben,
Den nicht Zeit und Sturm zerstreut.
Tugend kann den Tod verlachen
Und die beste Grabschrift machen.

An einen Mißvergnügten

Ach! was benebelt doch die Kräfte deiner Sinnen?
Wirst du bei Sonnenschein Nichts mehr erkiesen können?
Kennst du dich selber nicht?
Dich hungert bei der Kost, dich dürstet bei den Flüssen,
Du wirst zu Eis und Schnee beim Feuer werden müssen,
Du klagst bei Ueberfluß, daß Alles dir gebricht.

Was marterst du dich selbst mit dürftigen Gedanken,
Drängst bei gesunder Haut dich in die Reih' der Kranken
Und seufzest bei der Lust?
Wer sich am Herzen nagt, der speiset allzutheuer.
Ach, mache dich nicht selbst zu einem Ungeheuer,
Das sich die Nägel schärft, zu schaden seiner Brust!

Will denn der Liebesbaum stets Argwohnsfrüchte tragen?
Soll denn sein Schatten uns die beste Lust verjagen
Und bringen Ach und Weh?
Man weint oft ohne Noth und zweifelt ohne Gründe,
Plagt seiner Sinne Schiff mit ungestümem Winde
Und stürzt sich ohne Sturm tief in die Trauersee.

Die Rosen blühen dir; was willst du Nesseln hegen,
Und Disteln, reich an Angst, zu Lustnarcissen legen?
Was Uebels stößt dich an?
Bemüh' dich, deinen Geist in süße Ruh' zu setzen,
Und reiß' dich mit Gewalt aus Schmerz und Trauernetzen!
Dem schadet nicht Verzug, wer Zeit erwarten kann.

Wen blinder Eifer wiegt, der träumt von Ungelücke,
Ruft, frei und ungelähmt, nach Rettung und nach Krücke,
Meint stets auf Eis zu stehn.
Erwach' und streich dir doch die Schuppen vom Gesichte!
Kein Kluger macht sich selbst durch Wahn und Dunst zu nichte.
Was säumest du doch, selbst in's Paradies zu gehn?

Morgenlied

(Mit Auslassung zweier Strophen.)

Das Licht, so sich verborgen,
Macht itzt den neuen Morgen,
Es sinkt die trübe Nacht;
Die bleichen Sterne weichen,
Der Mond auch will verstreichen,
Und ich bin aufgewacht.

Daß ich mich kann bewegen,
Daß Hand und Fuß sich regen,
Daß ich noch leben kann,
Daß Auge, Mund und Ohren
Nicht ihre Kraft verloren,
Hast du, o Herr, gethan.

Ich habe dies aus Gnaden,
Ich, der ich bin beladen
Mit überhäufter Schuld;
Es scheint, du willst die Flecken
Mit deinem Mantel decken
Und hast mit mir Geduld.

Herr, rege Hand und Sinnen,
Treib' selber mein Beginnen,
Sei meines Geistes Licht!
Wie kann mein Fuß bestehen
Und ohne Straucheln gehen,
Wenn mir dein Trieb gebricht?

Ich bin in einer Wüste
Voll tausend böser Lüste;
Herr, reich' mir deine Hand!
Ich kann hinaus nicht schreiten,
Wird nicht dein Wort mich leiten
In ein bebautes Land.

Ich will mich zwar bemühen,
Den Glanz der Welt zu fliehen,
Die mich noch hält in Haft;
Doch weil's auf allen Seiten
So leichtlich ist, zu gleiten,
So gieb mir neue Kraft!

Herr, lenk' mir mein Gesichte
Hin zu dem rechten Lichte
Und zu dem rechten Schein;
Heb' du des Geistes Schwingen,
Die Wolken durchzudringen,
So kann ich Adler sein!

Erhebung

Meine Seele, laß die Flügel
Näher zu der Sonnen gehn
Und zerreiß den trägen Zügel,
Der dich heißt gefangen stehn!
Sei der Welt nicht allzuhold;
Denn ihr Grund ist Glas, nicht Gold.

Schaue nur das Spiel der Erden
Mit geheilten Augen an.
Was wird endlich dieses werden,
Das uns so bethören kann?
Der aus Nichts gemachte Schein
Wird in Nichts verkehret sein.

Laß den Purpur aus den Händen,
Den dein Irrthum scheinbar macht;
Laß kein falsches Licht dich blenden;
Meide jener Blumen Pracht,
Die der Garten in sich hegt,
Der für Früchte Dornen trägt.

Lerne zeitig dieses hassen,
Was du ewig hassen mußt!
Kannst du denn die Welt nicht lassen?
Ach, was ist doch ihre Lust?
Heute Gras und morgen Heu,
Heute Blumen, morgen Spreu!

Das Aegypten unsrer Herzen,
Das jetzt Ehr' und Lust verspricht,
Macht uns morgen Angst und Schmerzen,
Aendert sich und kennt uns nicht.
Suche nun ein fester Land;
Denn hier wohnt nur Unbestand.

Auf, o Seele, zu den Sternen,
Zu der Sonne wahrer Ruh'!
Schau gesäubert dort von fernen
Dieser Welt Gebrechen zu,
Die in ihren Banden lacht,
Auf ihr Elend nur bedacht!

Dort empfähst du Trost für Thränen,
Grund für Firniß, Lust für Noth,

Gold für Staub, Genuß für Sehnen,
Ja, das Leben für den Tod,
Und für Kränze dieser Zeit
Kronen wahrer Ewigkeit.

Abendlied

Der schwarze Flügel trüber Nacht
Will Alles überdecken;
Doch dies, was Gottes Finger macht,
Bringt mir geringen Schrecken.

Es ist das Aufgebot zur Ruh,
Der Abschied vieler Sorgen,
Und gar in einem kurzen Nu
Erscheint ein neuer Morgen.

Mein Jesu, bleib mein klares Licht!
Entzünd' in meinem Herzen,
Wenn mir der Sonne Glanz gebricht,
Der Andacht reine Kerzen.

Beschütze meinen Leib und Geist
Durch deines Heeres Wache,
Daß, was da Feind und Teufel heißt,
Mich nicht zu Schanden mache.

Laß gegen mich nicht Schlaf und Tod
Zusammen sich verbinden;
Laß keine Krankheit, Angst und Noth
Sich um mein Lager finden.

Hilf, daß die weiche Lagerstatt
Sich nicht zu Dornen mache.
Wohl dem, der diesen Machtspruch hat:
Herr führe meine Sache!

Laß durch die Ruh sich neue Kraft
In Geist und Adern rühren
Und deines Segens Eigenschaft
Mich auch im Schlafe spüren!

Doch laß den Schlaf zu rechter Zeit
Auch, wie die Nacht, verschwinden
Und mich in reiner Freudigkeit
Das neue Licht empfinden!

So will ich mich, so viel ich kann,
Der Erden stets entreißen,
Dich ehren und auch Jedermann
Zu dienen mich befleißen.

Mein Herze soll dein Weihrauch sein;
Ich will es dir verbrennen
Und ohne Heuchelei und Schein
Dich Herr, mich Diener nennen.

Klage der Tochter Jephta's

Du schönes Thal, mit Lieblichkeit umgeben,
In dessen Schooß viel tausend Blumen weben,
Laß meine Klagen ein!
Laß, was du siehst aus meinen Augen schießen,
Durch Laub und Gras der schönen Gegend fließen
Und ihren Schmelz damit gewaschen sein!

Du stolzer Berg, mit Bäumen wohl besetzet,
So keine Hand der Männer hat verletzet,
Und Jungfrau'n sind, wie ich,
Verachte nicht, was meine Wehmuth bringet,
Und so sie dich nicht auch zu klagen zwinget,
So muß ich billig trauern über dich.

Es wird mein Fuß dich künftig nicht beschreiten,
Der Wiederschall wird nicht mehr mit mir streiten,
Mein Mund spricht: gute Nacht!
Ihr Blätter, kommt und werdet mir zu Zungen,
Und weil ich euch vor diesem viel gesungen,
So singt nun ihr, was mir den Tod gebracht.

Du schöner Fluß, der du die Gegend zierest
Und mehr Kristall, als Wasserfluthen führest,
Nimm an mein Ach und Weh!
Du reiner Fluß, nimm meine reinen Zähren
Ich weiß nichts itzo Reiner's zu gewähren
Und schenke sie alsdann der wüsten See!

Was aber will ich Arme doch beginnen?
Was plag' ich doch durch Klagen meine Sinnen?
Es ist um mich gethan.
Die Jugend heißt mich ferner sein und leben,
Und der, so mir das Leben hat gegeben,
Macht, daß ich nicht mehr leben kann.

O schwerer Sieg! o unglückselig Streiten!
Des Vaters Ruhm muß mir das Grab bereiten;
Die Liebe bringt Gefahr.
Mein Untergang vermehrt der Feinde Haufen;
Es muß mein Blut zu ihrem Blute laufen;
Der Tochter Tod vermehrt der Feinde Schaar.

Ganz Ammon wird des Vaters Sieg belachen
Und einen Scherz aus Jephta's Tochter machen;

Hier ist kein Unterscheid.
Ganz Ammon trotzt und muß durch's Schwert verderben;
Die Tochter liebt und muß, wie Ammon, sterben;
Aus Ammon's Blut blüht Angst und Herzeleid.

Der Vater schlug der Feinde Trotz danieder;
Jetzt rächt der Feind sich an dem Vater wieder,
Jetzt fleußt sein eigen Blut,
Sein eigen Blut, aus seinen Adern kommen,
Sein eigen Blut, davon ich bin genommen,
Sein eigen Blut, sein Schatz, sein größtes Gut.

Es muß mein Blut ein reiner Zeuge werden,
Daß Lust und Leid verbunden stehn auf Erden
Und stets verschwistert sein,
Daß Thränen stets bei unserm Lachen schweben,
Daß Rosen stets mit Dornen sind umgeben,
Daß Freud' und Lust begleitet Angst und Pein.

Es muß so sein! Der Himmel hat's beschlossen,
Daß hier mein Blut soll werden ausgegossen,
Wiewohl ohn' alle Schuld;
Ist Lieb' und Lust Beleidigung zu nennen,
So muß ich nur die Uebelthat bekennen;
Doch zähm' ich mich durch Sanftmuth und Geduld.

Und nun, ihr zarten Schwestern, deren Sinnen
Durch Lieb' und Treu' mich weislich binden können,
Hier ist der letzte Kuß,
Das letzte Wort, die letzte Zeit, zu scheiden!
Ich muß euch jetzt, ihr müßt mich wieder meiden!
Es trennet sich Mund, Auge, Herz und Fuß.

Es ist genug euch und auch mich betrübet;
Die ihr mich stets, die ich euch stets geliebet,
Es ist genug geklagt!
Vergeh' ich gleich, so muß mein Name bleiben
Und durch den Lauf der Zeiten stets bekleiben.
Die Tugend lebt; drum sterb' ich unverzagt.